불온한 검은 피

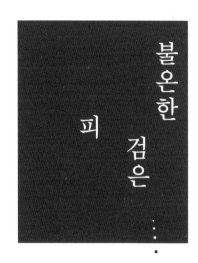

불온한 검은 피
......

허연 시집

민음사

패배한 공화국이었지만 묻어 버리고 싶지는 않았다.

고통으로부터 벗어나기 위한 헛수고에 지쳤을 때 그 고통의 악습과 매혹에 차라리 고개가 끄덕여질 때 시를 썼다. 외따로 떨어진 무수한 불유쾌한 말들의 조합—시라는 것—이 내게는 면벽이나 환희에 가까웠다.

도를 지나쳐 버린 가족과 친구들, 나를 악마로 기억할지도 모를 사람에게 이 책을 헌정한다.

차례

1부 ····

# 지옥에서 듣는 빗소리

　수소 한 마리가 있었고 그 속엔 스콜이 지나간 마을이 있었다. 집들의 위치에 따라 햇볕은 달랐지만 여전히 마을엔 수소가 있었고 배고픔이 있었다

　누군가 두 평짜리 방에서 날아올랐다는 소문이 들리기도 했지만 장마철만 되면 홈통을 따라 쏟아지는 빗물엔 당할 재간이 없었다. 모두 훑고 지나가는 기술. 지옥에 있는 어머니께 지옥에 있는 아들이 보내는

　정의는 반드시 이기지 않는다. 내가 아닌 다른 사람들과의 교통은 얼마나 힘겨운가. 감화되지 않는다. 함께 사는 건 함께 죽는 것 치열하고 아쉬운 것

　후두둑. 비닐하우스에서 들었던 위협적인 빗소리. 수소의 몸에서 나는 뼛소리. 내가 알고 어머니가 아는 떠나고 싶은 지옥에서 쏟아지는 빗소리

# 전쟁 기념비

누군가 검은 대리석에 스카치테이프로 장미를 붙여 놓았다. 눈물이 난다.

사람들이 언덕을 내려와선 자기 키보다 낮은 대리석에서 비껴 나간 아버지를 비껴 나간 예언을 읽고 간다. 트럼펫이 들리는 오후 장난꾸러기 사내아이가 비둘기를 쫓다가 잠이 들고, 전쟁은 항상 기념되지 않는다.

드럼통 같은 헬리콥터를 탄 녀석들만이 가까스로 용감했고 나머지는 모두 죽어 버린 전쟁. 아버지와 아버지가 싸운, 크기가 다른 통조림들이 싸운, 과부이게 했고, 고아이게 한 여름은 기념되지 않는다.

죽은 사람들이 아름다운 그런 영화관엘 가 보고 싶었다.

# 내가 나비라는 생각

그대가 젖어 있는 것 같은데 비를 맞았을 것 같은데 당신
이 보이지 않는 곳에서 무너지는 노을 앞에서 온갖 구멍 다
틀어막고 사는 일이 얼마나 환장할 일인지

머리를 감겨 주고 싶었는데 흰 운동화를 사 주고 싶었는
데 내가 그대에게 도적이었는지 나비였는지 철 지난 그놈의
병을 앓기는 한 것 같은데

내가 그대에게 할 수 있는 건 이 세상에 살지 않는 것 이
나라에 살지 않는 것 이 시대를 살지 않는 것 내가 그대에게
빗물이었다면 당신은 살아 있을까 강물 속에 살아 있을까

잊지 않고 흐르는 것들에게 고함

그래도 내가 노을 속 나비라는 생각

# 날아가세요
— 비가(悲歌)

어머니신(神), 바보 같으신(神)

　이 길의 끝에 서 계신 어머니, 돌아올 차비도 없이 가서 드릴 마땅한 희망도 없이 당신에게 갔지요. 전 실패했어요 어머니 아세요. 해바라기 밭 사이 절룩이며 절 마중 나오지 마세요. 눈에 보이지 않아도 볼 수 있다고 하셨지요. 평생 시들기만 하는 꽃을 피우시다 이젠 그 자갈밭에 눈물만 주고 계시는 어머니 그만 일어나세요. 개발제한구역 표지판 넘어, 방음벽 넘어 멀리멀리 날아가세요 어머니.

　어깨를 잃은 사람들이 흰 새벽을 걸어가는 게 보여요. 방죽 위를 지나 모두 고향으로 가고 있어요 어머니.

## 장마 · 장마 · 장마
— K를 추모함

　내게서 채 사라지지 않은 것들을 불태우거나 묻어 버리며 여기까지 이 빗속까지 왔네. 하나같이 가슴 뜨겁게 했고 대가를 치른 사랑이었지만 돌아서면 까맣게 잊기도 했네

　사람 하나 사라질 때 덩달아 사라진 것들을 나는 그리워하네. 떠난 자가 마지막으로 증명했던 그의 것들. 그의 죽음만큼 나를 흔드는 것들 떠난 자의 것이었으며 이젠 아무도 알지 못하는 것들 그가 이야기해 주지 않은 세상의 모든 소금 덩어리들이 비를 맞고 있네

　내 것이 아닌 것들을 위해, 자취도 없는 너의 것들을 위해 빗줄기가 퍼붓고 또 퍼붓고 세상 밖으로는 아무것도 새어 나가지 못하네

　아시다시피

# 상계동

시골에서 갓 올라온 여공들이
수다를 떨며 무단 횡단을 하던
그 거리 뒤편에는
주거 부정의 고양이들이
해장국집 쓰레기통 부근에 모여 있곤 했습니다

마을버스가 들어오면
하루 종일 강요에 지친 다 똑같은 얼굴들이
제각기 골목으로 떠밀려 가고
팔뚝에 문신을 새긴 아이들이
벼랑으로 몰린 채 비에 젖고 있었습니다
선택이라는 말은 한번도 있어 본 적이 없었습니다
그저 절망을
주택복권이나 몇 잔의 술로 대신하는
나름대로의 재주가 있을 뿐
우리에겐
텔레비전이나 소문에 묻어 오는 자유가

전부였습니다

실직한 청년들은 밤새

금이 간 남의 집 벽에다

낯 뜨거운 사랑을 그리기도 했습니다


아무렇게나 쓰러지고

아무렇게나 만들어진

서울특별시 노원구 상계동

그래도 아침이면

어느새 능청스러운 햇살이

방 한가운데 들어와 있기도 했습니다

# 새벽

이달 안에 땅을 내놓으라고
지주는 전직 우체국장이었다
새로 뚫린 고속도로가 뻗어 나간 하늘엔
부분 월식이 있었다

러시아의 부동항을 꿈꾼 게 잘못이었다
고물 트럭은 밤새 시동이 걸리지 않았고
불행한 정신만 백열등처럼 뜨거웠다
사람들은 비행장으로 갔다
뒤처진 사람들 틈으로
아버지가 보였다
눈이 내리고 있었다
땅속에 숨어 있던 어린 느티나무의 맨살을
손에 들고 있었다
울고 있었다

난 참 서러운 음악을 듣고 있었다

# 무반주

에릭 사티는 작곡가였다 에릭 사티는 헝가리 추운 호숫가에서 살았다 에릭 사티는 편집증 환자였다 에릭 사티는 구석에 앉아 있었다 에릭 사티는 천재였다 재주가 재주를 죽이고 있었다 지하실에서 나오지 않았다 검은 수염이 가득 자라나 있었다 에릭 사티는 죽었다 겨울 내내 비만 내리고 있었다

에릭 사티는 사람이었다 에릭 사티는 돈을 벌고 싶어 했다 에릭 사티는 알코올 중독자였다 에릭 사티는 은행엘 가지 않았다 에릭 사티는 죽었다 자유는 죽음처럼 죽음은 자유처럼 에릭 사티는 사막엘 가고 있었다 모래바람으로 가고 있었다

# 경원선


풀밭에 누우면 해가 지는 하늘이 있었다


멀리 완행열차가 가슴으로 달려드는 소리가 들렸고 크고
작은 별들이 음표처럼 머리맡으로 쏟아지곤 했다 온갖 빛깔
의 꿈들이 야간 비행에 열중하고 있었고 아버지는 돌아오지
않았다 때로는 인간의 사랑이나 신념이 아름답기도 했지만
그건 언제나 검은 여백이었을 뿐 눈이 떠지질 않으면 노래를
부르거나 연어 떼 같은 사랑을 적는 게 고작이었다 강물도
기차도 다시 오지 않던 그날 저녁 나는 세상의 옆구리를 뚫
고 일어서고 싶었다


숨 막히는 세월이여

# 나는 빛을 피해 걸어간다

그대는 오지 않았네. 삐뚤어진 세계관을 나누어 가질 그대는 오지 않았네. 나는 빛을 피해서 한없이 걸어가네.

나는 들끓고 있었다. 모두 다 내주고 어느 것도 새것이 아닌 눈동자만 남은 너를 기다렸다. 밤이 되면서 퍼붓는 어둠 속에 너는 늘 구원처럼 다가왔다. 철시를 서두르는 상점들을 지나 나는 불빛을 피해 걸어간다. 행여 내 불행의 냄새가 붉은 입술의 너를 무너지게 했는지. 무덤에도 오지 않을 거라고, 보도블록 위에 토악질을 해 대던 너를 잊을 수는 있는 것인지. 나는 쉬지 않고 빛을 피해 걸어간다. 도대체 얼마나 많은 당신들이 저놈의 담벼락에다 대고 울다 갔는지. 이 도시에서 나와 더불어 일자리와 자취방을 바꾸어 가며 이웃해 사는 당신들은 왜 그렇게 다들 엉망인지. 가면 마지막인지. 왜 아무도 사는 걸 가르쳐 주지 않는지. 나는 또 빛을 피해 걸어간다.

# K

내가
당신들의 심장 한가운데
살아갈 수 없다는 것은
커다란 슬픔입니다

당신들이 오늘처럼
사랑과 우정의 격려를 보내고
썩어 문드러져 자취도 없는
나의 눈매에 찬사를 보낼 때
나는 염소나 백돼지 같은
적들을 만나러 갑니다

분노할 줄도 사랑할 줄도 모르는
아름다움의 근처만을 서성이는
정체불명의 적들을 만나러 갑니다

외로운 나를

혀끝으로 핥고

손끝으로 매만지는

적들을 만나러 갑니다


나는

당신들의 심장에 없습니다

## 방문 앞에 와서 울다

살아선 말더듬이였던 죽어선 시인이 되었을 친구가 반쯤
열어 놓은 방문 앞에 와서 울었다 포도주가 먹고 싶다며 몰
랐던 슬픔이라며 말라비틀어진 달빛을 지고 와선 울기만 했
다 젖은 흙냄새가 코를 찔렀다 광대뼈가 튀어나온 동행이
골목 어귀를 지키고 있었다 철없는 개들도 모르게

기억해 너의 방을 지키는 건 어둠이라는 걸 살아 있는 나
도 희미한 종탑에 번져 가는 새 새끼들도 지금은 어둠뿐인걸

# 그날

철로 보선공들이 피워 놓은 장작불 위로 불티들이 어디
론가 가볍게 날아가는 것을 바라보며 나는 한없이 부풀었고
슬픔을 떠올리게 하는 몇 가지 사건들로부터 벗어나며 약인
지 독인지 모를 세월을 생각했다. 사는 게 죄지. 쓸데없이 존
재만 무거워지는걸.

소리는 어둠을 뚫지만 기차는 어둠을 뚫지 못했다. 멀리
보이는 불빛보다 옆에서 들리는 유행가가 삶에 더 적절했다.
그건 리얼리티다. 온통 삐걱이는 세상의 사랑들이 다 내 사
랑이라고 생각하면 숨이 막혔다.

너무나 야윈 것, 흔들리는 건 삶뿐인데 강물이 푸르다 못
해 검다고 한수 이북에서 온 편지엔 돌림병이 묻어 있었다.
철없는 휴가병이었다. 나는.

# 목요일

사람들 틈에 끼인
살아 본 적 없는 생을 걷어 내고 싶었다.


모든 게 잘 보이게
다시 없이 선명하게
난 오늘 공중전화통을 붙잡고
모든 걸 다 고백한다.
죽이고 싶었고
사랑했고
하늘을 나는 새를 보라는
성경 구절에도
마음이 흔들린다고.
그리고 오늘은 목요일.
죽이 끓든 밥이 끓든
나는 변하지 못했고
또 목요일.

형상이 없으면 그림이 아니야.

따귀 한 대에 침 한 번씩 뱉고 밤을 새우면

신을 만날 줄 알았지.

그림 같은 건

잊은 지 오래라는 녀석들 몇 명과

그들의 자존심과

그들의 투항과

술을 마신다.

그중에 내가 있다.

오늘은 목요일.


결국 오늘도

꿈이 피를 말린다.

그 꿈이 나한테 이럴 수가.

# 비야, 날 살려라

비야
내 목을 조르지는 마라
여름 천변
한밤의 나방 떼처럼 쏟아져
새벽이면 퉁퉁 불어
눈조차 떠지지 않게 하지는 마라
지긋지긋한 연민이
흘러넘쳐
자고 나면 축축 늘어져
제대로 서 있는
잡풀 하나 없어도
비야
내 목을 조르지는 마라

그 길 위에서
사람들이 숨어 버린
그 길 위에서
나는 한 발짝도

떼지 못했구나

비야
내 발목을 붙잡지는 마라
헛바퀴만 도는
고물 트럭의 뒷모습이나
추억이고 뭐고 없이
나뒹구는 우산살과 별다르지 않게
내가 있겠지만
부끄럽게도
온몸 마디마디
환희를 새겨 넣지는 못했지만
비야
그래도 내 발목을 붙잡지는 마라

비야
날 살려라

2부 ····

# 권진규의 장례식

비가 내렸습니다.

권진규 씨는 허름한 옹이 박힌 관 속에 누워 있었습니다. 언제까지나 시들지 않을 것 같은 꽃은 모차르트가 들고 왔습니다. 잉크가 번져 얼룩진 리본엔 "내 정신이 너의 가슴에"라고 적혀 있었습니다. 여섯 명의 조객 중엔 천재도 범인도 바보도 있었습니다. 하관이 끝나고 빗줄기가 굵어지자 붉은 황토물이 그들의 발을 적셨고 갑자기 모차르트가 소리를 지르며 뛰어가고 있었습니다.

# 곡마단

천막을 뚫고
아침 햇살이 들어오면
무념무상의 낙오자들이
장난감 교향곡을 듣고 있었습니다

머리카락과 어깨를
어딘가에 버리고 와선
흙으로 만든
바퀴를 굴리기도 했습니다

붉은 휘장이 드리워진
죽음으로 가는 길
용기를 내서 계집아이가
울고 서 있었습니다

# 구상(具象)

프란시스 베이컨이 죽었다 책임질 수는 없지만 그는 아마
지옥 같은 천당엘 갔을 거다. 사랑이 넘쳐서 자고 나면 눈과
코가 없어져 버리는 충만한 아침 식탁에 앉아 있을 거다

그가 죽은 건 화요일. 오래된 보도블록 위를 자전거로 달
리는 아이들을 그도 보았을 거다 사랑했을 거다. 마지막으
로 보았던 얌전한 세상을 그리고 싶어 했을 거다

그는 더 이상 일그러진 대영제국을 그리지 못한다. 담배
를 피워 물고 붉은 벽돌담을 쌓고 있을지도 모른다. 아기처
럼 웃으면서

그는 외로웠으므로, 사랑했으므로 그리고
가난했으므로

# 공작 도시
— 손상기의 그림에서


열여덟 살이었어요
월곡동에서
처음 몇 방울의 사랑을 팔았던 때가

성모상이 서 있는
산재병원 옆 골목
날마다 충혈된 하늘엔
고향 마을이 반점으로 박혀 있더군요

비를 기다렸어요
길 건너 야간학교의
체육 수업을 훔쳐보며
내리지 않는 비로 서 있었어요

새벽 가로등 밑에서
그림자 놀이를 하던
신문팔이 소년의 가느다란 손목과

여름내 눈물을 삼키다 잠든

깃발들을 위해

# 최근에 만난 분 중에 가장 희망적이셨습니다*

차가운 문고리에 손을 가져갈 땐 항상 혼자였습니다. 죄송하게도 난 아무것도 갖지 못했고, 슬픈 집에서 가지고 나온 연민과 내가 서 있는 샛길이 전부였습니다. 들키지 않은 채 절반도 감기기 전에 끊어진 청춘.

내 사랑은 나를 넘어뜨리고 달려가 버린 것들 중에 있었습니다. 아쉽게도 이제 그것들은 내 눈에서 흐르지 않습니다. 지겹게 내뱉었던 인사말. 수화기를 내려놓으면 팔꿈치가 저렸습니다.

간직하기에 너무 힘든 나는 섬이었고, 결국 섬은 내 마음 밖으로 나가 주질 않습니다. 무덤덤하게 몰아쳤던 시퍼런 파도야 잘 있거라. 허전한 기억들아, 당신에게조차 가기 힘들었던 겨울이었습니다. 잊기 힘든.

고맙습니다.

최근에 만난 분 중에 가장 희망적이셨습니다.

＊ 권진규의 편지 중.

# 손상기는 곱추가 아니다

그래
가난했을지도 모른다 집이 없었을지도 모른다

격앙된 세월 속 그가 지고 살았던 등짐은
살아남은 그대들의 욕심일 뿐
사제처럼 가 버린 그에겐
그림이 끝이었고 그림이 집이었지

손상기는 죽었지
그대들이 살아갈 세상을 두고
그대들이 나누어 가진 피와 뼈를 두고
솜털 같은 지분을 남긴 채 가 버렸지
프란시스 베이컨과 담배를 나누어 태우는
그림 속으로

당신들이 추억한 손상기는 곱추였을까
그대들이 본 건 구두끈이었을까, 아니면

콧수염이었을까

악수도 없고, 넥타이도 없고, 실명(實名)도 없는
그의 바다에서 그는 곱추가 아니었지

그는 살아서 단 한번도 곱추였던 적이 없었지

* 우리들이 한 작가를 기억하는 건 그의 탁월한 정신 때문이 아니었을까.《월간
  미술》1992년 8월호에 실린 손상기에 관한 기사를 나는 용납할 수가 없었다.

# 판화

국민학교 때 교실 갈탄 난로엔 근육질의 사내가 기관총을 쏘아 대는 그림이 음각되어 있었다. 난로가 꺼질 무렵, 아직 살아 있느냐고 물으면 아이들은 도시락을 먹으며 웃고 있었다. 어쨌든 녹슨 난로 한가운데엔 U. S. ARMY라는 글자가 무슨 유물의 고유 번호처럼 박혀 있었고 *(넓고 넓은 바닷가에 오막살이 집 한 채)* 땟국물에 전 주둥이로 우리는 하굣길 우리가 몰고 가야 할 천변의 오리들처럼 노래를 따라 불렀고, 그해는 지독한 물난리가 있었다. 물감 공장이 쓸려 가서 지붕에서 댓돌까지 온 동네는 형형색색의 물감으로 칠갑을 하고 가난한 공원들 몇은 영영 돌아오지 않았다. 그들은 대개 청춘이었고 알려지지 않은 호수나 댐 밑에서 부표처럼 떠올랐다. 세월의 입장에선 그걸로 그만이었지만 사람들은 끝없이 가마니에 모래를 퍼 담아 날랐고, 풍금 소리가 들렸다.

*—내 사랑아 내 사랑아 나의 사랑 클레멘타인*

# 오윤 작(作), 바람 부는 곳

근교 벽돌 공장에서 불어온 바람이
눈이 커다란 깡마른 청년과 함께
인사동 골목으로 불어왔다

뉘 애비가 살다가 죽었다고
휘적휘적 바바리코트를 입은 그를 따라
죽은 소작인이 살던 마을엘 갔다

굵고 어두운 시선들이 손을 내밀자
숲 저쪽으로 별똥이 떨어지는 게
보였다 가끔씩 바람을 몰고
텅 빈 밤열차가 지나갔다

죽음이 뭔지 모르는 아이들만
손을 흔들며 따라가고

# GOGH

*(스타킹을 올리며 말했다 어 성냥갑에 있는 저 여자 고흐가 그린 건데, 그녀는 훌륭했다)*

폭우가 그친 밤 풍차 밑으로 한쪽 귀가 없는 사람들이 모여들었다

대화를 나누고 있었다

약속은, 이별은, 아무 대답이 없었다 아이들과 함께 묵은 신문 위를 걸어 다녔다 딱딱한 빵을 하나씩 나누어 먹고 있었다 정이 들었다

불빛 몇 개 반짝이는 지친 밤을 알고 밤의 공포를 알고 이긴 행렬의 참담한 목적지를 알았다

*(내 여자의 병은 내 것일까?)*

# 영화에서

원주민이 피를 흘렸고 은행털이가 피를 흘렸다 밤무대 가수가 피를 흘렸고 혁명가도 피를 흘렸다 인질범과 젊은 수도승이 피를 흘렸고 천사도 피를 흘렸다 나와 내 여자도 피를 흘렸다 피가 아닌 건 하나도 없는데 죽지 않는 건 하나도 없는데 아무도 사라지지 않았다 그들은 모두 남태평양 산호섬이나 도주로 옆에 있던 헛간이나 차이나타운 2층 다락방이나 재활용 쓰레기 더미 같은 데로 몰려가 섹스를 했다 공장에서 A기계와 B기계가 한 치의 오차도 없이 내용물과 포장 비닐을 접속시키는 것처럼 그러나 늘 다르게 늘 눈물 나게 그들은 살았다 엄살 아니면 쥐 죽은 듯 그들은 사라지지 않았다 무슨 잔치 같기도 하고 무용 같기도 한 짓들을 했다 부자같이 생긴 부자 하인같이 생긴 하인 창녀같이 생긴 창녀 왕같이 생긴 왕들이 쏟아 낸 눈물과 피가 자전거 뒤에 실려 뒤범벅된 무슨 중국요리처럼

# 철도원
—영화

철길을 따라
단풍 무늬 스웨터를 입은 아이들이 뛰어가고
늙은 기관사 아버지가
마른기침을 해 대는
오래된 아파트

가족은
모여 앉아 밥을 먹는 것
모여 앉아 싸우는 것
돌아온 탕자에겐
케이크를 준비하고
또 다른 탕자에겐
머플러를 둘러 주는 것
배신의 아들이 배신인 것
그러다 펑펑 우는 것
밉지 않은 것

아이들의 눈곱 낀 눈 속에서

아버지의 인생은

낡은 구두와 맥주 거품

기타를 퉁기는 황혼

# 대화

해가 지고 있었다
반군 병사가 피를 흘리며 성당 구내로
뛰어 들어왔다 그가 채 몸을 숨기기도 전에
정부군은 사격을 개시했다
뛰어나온 늙은 신부가 병사를 끌어안았다
계속되는 사격. 로만 칼라에 번지는 붉은 피
신부가 총알이 날아오는 쪽을 향해
기도하듯 무릎을 꿇었다
그리고 한없는 침묵

베네수엘라 내전을 찍은
이 흑백 필름을 아십니까?
쓰러진 사람들이 살아 있다는 걸
아십니까?

## 오 샹젤리제

음악을 들을 수 없는 요즈음엔 방음벽 사이 팔차선의 어둠을 따라가고 싶다. 날개 없는 소리를 따라가고 싶다. 안개나 빗줄기 속에서 그건 영혼이 둘로 갈라지는 소리다. 밤에 그 소리를 들어 보았는가. 숲이 없어진 것도, 가로등이 마을의 저녁을 바꾼 것도 단 하룻밤 그들은 어떻게 이런 소리 나는 성을 쌓았는가 사라지고 싶다. 이 길이 끝나면 젖과 꿀이 있는 들국화 피어 있는 벌판이 있는가. 탯줄 묻은 숲이 있는가, 개선문이 있는가. 감나무, 사과나무가 있는가.

오! 샹젤리제
오! 제3한강교

## Midnight Special · 1

청년은 공놀이하는 죄수들 틈에 있기보다 작업장 뒷담에 기대어 피리 부는 걸 더 좋아했습니다.

첫발자국이 눈물이던 날부터 청년은 얼마나 먼 길을 지나왔는지 모릅니다. 아무도 눈여겨보아 주지 않던 새벽, 꿈속에서나 지워질 눈길을 밟고 도망쳤던 하늘. 다시는 가지 못할

가슴 위를 긋고 지나간 철길 마지막으로 달렸던 세상이 기억이 나질 않습니다. 야간열차 지나는 담장 밖 보고 싶은 소나기, 슬픈 음악이 팔리던 거리. 아! 키 작은 어머니

창살을 휘젓고 들어온 달빛 속에서 청년은 피리를 불기 시작했습니다. 기억 속으로 들어가는 야간열차와 함께 흔들리는 꿈처럼 뜨겁게. 청년은 달려가고 있었습니다. 장마가 시작되기 전

Oh! let the midnight special

# Midnight Special · 2


밤을 달리는 모든 건 숙명이다.


죽어 없어지는 게 순간이라는 걸 알았다면 우리는 어린 나이에 터널 속으로 뛰어들지 않았을지도 모른다. 그해 여름 일곱 마리의 수소가 붉은 살덩이가 되어서 돌아왔다. 푸른 문신이 새겨진 부러진 발목 위엔 시곗바늘이 움직이고 있었다. 매를 맞아야 했던 날들과 살을 비비며 울었던 날들과 분노했던 날들이 뒤엉켜 흐르고 있었다. 뼛가루로 먼지로 사라져 버린 밤이었다.


그리고 얼마 후 털어 내듯 몸을 흔들며 오렌지색 물감을 칠한 일요일 밤열차가 지나갔다. 들끓는 세월의 한복판으로.

# 필름

1

까까머리 중학생 하나가 소주에 취해 교실에
들어오다 여선생에게 뺨을 맞고 있었다
봄볕은 뜨거웠다

그날 밤 녀석은
미군 부대 담벼락에 유화를 그리고 있었다
밤새 막걸리에 취한 과부 엄마를 그리고 있었다

2

아교질의 비가 내리던 날
상식을 무시한 청년들이
권총을 들고 굴다리 여인숙에서 쏟아져 나왔다

그들에겐 여자가 있었고, 아이들이 있었고
돈이 없었다

불꽃같았지만 너무 잠깐이었다
세월은 계급이었고, 독약이었고
겁에 질린 어머니였다


3
가슴에 묻을 게 많았다 너는
철로변에 살았고, 조막손이었고
빵을 훔치던 계집애를 사랑했고


너는 진흙탕 위에 발자국을 찍었던가
예수를 그렸던가
장미꽃 한 다발 바닥에 버려지고
그게 전부였던가

# 그 거리에선 어떤 구두도 발에 맞지 않았다

발이 편한 구두를 신어 본 적이 없었다

꿈과 계급의 불편한 관계 때문에
죽고 싶었지만 실패한 건 아니었고
난 아무것도 가슴에 묻지 못했다
잠이 깨면 우박 같은 게 내리던 거리
잠결로 쏟아지던 어머니. 하늘에 계신

죽을힘을 다해 꿈꾸는 거리는 몇 달째
공사 중이었고 구멍가게 앞에선
밤마다 피 터지는 싸움이 벌어졌다
뭘 그렇게 미워하며 살았는지
피 묻은 담벼락엔 미친 듯 살고 싶은
우리가 남아 있었다. 개새끼

그 거리에선 어떤 구두도 발에 맞지 않았고
어떤 꿈도 몸에 맞지 않았다

우리는 늘 그리워했으므로
그리움이 뭔지 몰랐고

# 길

사람들이 끊어 놓은 지평선을

달음질치는 상상을 하던 열두 살 적

마른 개나리가 햇살에 미쳐 서 있던 늦은 겨울

주일 헌금으로 과자를 사 먹고

퉁퉁 부은 종아리를 만지며

기어오르던 제방길

울컥하고 돌을 주워 하늘에 던지면

살아 움트는 건 모두 눈물이었습니다


용서하는 일보다

언제나 먼저 따라와 밟히던

먼지뿐인 길이여

발목을 붙잡던 불 켜진 창들이여

# 나는 또 하루를

　길이없다목이마르다경악한다내일모레면아버지가되는친구들과여관에서잠을잔다나는비껴가고있구나무단횡단범칙금을낸다살아있다다행이다사무실앞에는이조(李朝)때쓰던우물이있다한맺힌궁녀가세상을버린우물에걸터앉아야간여대생들이재잘거리는소리를듣는다로자룩셈부르크를연상한다나는이상주의자에불과하다이정원엔상대적으로작고성질이사나운비둘기들이모여산다먹이는한정되어있고그들은살을찌우지않는다실존주의는영원한것이다어느새나는진리의동반자로죽음을선택하지않는다독배를들거나화형을당한철학자들에게늘죄송하다지구에서사라졌다던결핵균이다시돌아오는시대실존주의는위대하다'시삼백사무사'를믿는B형(兄)은절망하지않는다다시는시같은거안쓸날을기다리며고뇌할뿐이다풀이름나무이름별이름그는존재한다존속한다죽음과죽음의철학으로나는또하루를살았다

　　　　　　　　　　　　　　　　　　　　　　　　．

# 이사

아이들이 앞바퀴만 남은 자전거를
가지고 놀고 있었습니다

때아닌 눈발과 함께 나선 길엔
백목련도 담쟁이도 모두 죽어 있었습니다
버릴 것 버리고 쓸 만한 것들만 다시 싸 들고
성북동에서 만난 세월은
낡은 선반을 뜯어내고 있었습니다
삶은 세상의 이쪽 끝과 저쪽 끝에서
부풀리고 썩어 가는 보이지도 않는
슬픔이라고, 쏟아지는 먼지 같은 거라고

비둘기가 떠난 마을
흙탕물이 쓸려 지나간 자리엔
주저앉으며 일어서며
다시 살아가는 일이 남아 있었습니다

3부 ····

# 너는 사라질 때까지만 내 옆에 있어 준다고 했다

얼음장 밑을 흘러왔다고 했다. 힘들었던 건 내가 아니라 겨울이었다고 했다. 우리가 '첫사랑은······' 어쩌구 하는 70년대식 방화(邦畵) 속에서 눈덩이를 던지며 사랑을 좇던 늦은 오후에 어느새 너는 서걱이는 마른 대숲을 지나 내 곁에 왔다고 했다.

어머니는 아직도 무릎이 아프다고. 이젠 정말 걸을 수 없을지도 모른다고. 녹슨 편지함 속에서 울었다. 그런 밤마다 나는 어머니가 아닌 너를 생각했는지도 모른다. 지난해 따뜻했던 몇 가지 기억들을

다시 돌아온 너에게, 말 없는 눈발로 내 옆에 서 있었던 쓸쓸함을 묻지 않으리라. 어느 날 막막한 강변로에서 다시 너를 잃어버리고 창문 틈에 너를 기다린다는 연서를 꽂아 놓을 때까지, 네가 내 옆에 없음을 알고 전율할 때까지

낡은 자명종의 태엽을 감으며, 너는 사라질 때까지만 내 옆에 있어 준다고 했다.

# 저녁, 가슴 한쪽

(이사하던 날도 그대의 편지를 버리지 못했음)

비가 와서인지
초상집 밤샘 때문인지
마음은 둘 데 없고
도로를 가로질러 뛰어온 너의
조그맣던 신발과
파리한 입술만 어른거린다
너무 쓸쓸해서
오늘 저녁엔 명동엘 가려고 한다
중국 대사관 앞을 지나
적당히 어울리는 골목을 찾아
바람 한가운데
섬처럼 서 있다가
지나는 자동차와 눈이 마주치면
그냥 웃어 보이려고 한다
돌아오는 길엔

공중전화에 동전을 넣고
수첩을 뒤적거리다 수화기를 내려놓는
싱거운 취객이 되고 싶다
붐비는 시간을 피해
늦은 지하철역에서
가슴 한쪽을 두드리려고 한다
그대의 전부가 아닌 나를
사는 일에 소홀한 나를
그곳에 남겨 놓으려고 한다

# 참회록

영혼이 아프다고 그랬다. 산동네 공중전화로 더 이상 그리움 같은 걸 말하지 않겠다고 다시는 술을 마시지도 않겠다고 고장난 보안등 아래서 너는 처음으로 울었다. 내가 일당 이만오천 원짜리 일을 끝내고 달려가던 하숙촌 골목엔 이틀째 비가 내렸다.

나의 속성이 부럽다는 너의 편지를 받고, 석간을 뒤적이던 나는 악마였다. 11월 보도블록 위를 흘러 다니는 건 쓸쓸한 철야 기도였고, 부풀린 고향이었고, 벅찬 노래였을 뿐. 백목련 같았던 너는 없다. 나는 네게서 살 수 없었는지도 모른다. 아침에 일어나면 떨리는 손에 분필을 들고 서 있을 너를 네가 살았다는 남쪽 어느 바닷가를 찾아가는 밤기차를 상상했다. 걸어서 강을 건너다 아이들이 몰려나오는 어린 잔디밭을 본다. 문득 너는 없다. 지나온 강 저쪽은 언제나 절망이었으므로.

잃어버렸다. 너의 어깨를 생머리를. 막차 시간이 기억이 나

질 않는다. 빗줄기는 그친 다음에도 빗줄기였고. 너는 이제
울지 못한다. 내게서 살지 않는다. 새벽녘 돌아왔을 때 빈방
만 혼자서 울고 있었다. 온통 젖은 채 전부가 아닌 건 싫다고.

## 갈대에게

태줄 묻은 숲에 다녀오던 날, 아무런 기색 없이 사라진 이름들 근처에서 너는 서성이고 있더구나 듣고 있더구나. 이미 죽음이었던 어젯밤부터 너는 살아 울부짖고 있더구나.

사라지기를 꿈꾼다. 너의 목덜미를 물고 어둠을 따라갔던 강이 기별 없이 돌아왔다. 고백하련다 눈동자를 풀어헤친 저녁이 오기 전에 꽃이 아닌 네 앞에서, 죽어야 하는 이유와 잃어버린 악보의 첫 음을 알고 싶다. 너를 죽이고 싶다.

오랫동안 내 금기였던 너를 꺾는다.

# 별곡 · 1

　당신이 길을 보여 달라며 울었을 때 난 늘 마른 땅을 발로 헤치며 서 있었습니다. 나의 신념이 당신의 어둠이었을 그 언젠가 미완성 지도의 길 끝에 등 찔린 당신은 늘 아팠습니다. 눈이 감기는 무거운 기억들이 하나도 남지 않을 때까지 어떻게 하면 돌아갈 수 없는 나의 근황을 설명할 수 있을까요. 내리지 않던 비를

　새벽 시장 감잣국이 당신의 가슴보다 따뜻하다고 고백한 건 철문을 넘다 찢어진 웃옷을 걸친 채, 병원 뒷골목 횡대로 서 있던 공중전화 앞에서였습니다. 그날 새벽 팔색조의 깃털 같은 세상으로 비가 내렸고 사라진 이름들을 불러 대는 건 내가 아니라 한기(寒氣) 같은 빗소리였습니다. 이내 섞여 길이 되어 버리는

# 별곡·2

머물지 못했습니다. 영영 살고 싶었는지도 모릅니다. 길이 들었을 테지요.

한번도 제대로 찾지 못했던 골목. 창가에 뻣뻣이 서서 들었던 음악과 닮아 버린 식성과 게으름까지도 끝내 마지막 전철과 함께 가 버렸습니다. 안녕히.

당신은 발끝까지 모두 주셨지만 나는 갖지 못했고 오래된 습관처럼 다시 유빙입니다. 언제나 사라질 것 같은 불안한 징후였지만 슬픔이고 어려움일 뿐입니다. 한참이나 사는 일을 노래하고 나서야 슬픔이 우리를 뒤덮고 있었다는 걸 알 듯이. 슬픔은 쓸쓸한 도안이 새겨진 벽이었습니다.

이 새벽에 내리는 아찔한 비를 원망합니다. 미친 듯이.

## 교정(校庭)

석조 건물 계단에 떨어진 건
노란 은행잎이었습니다.
책갈피에 끼워지는 멍든 추억이었습니다.
가을 속 바람이 지나가 버릴 땐
꼭 죽을 줄 알았습니다.
아무것도 남기지 않고,
아무것도 가져가 버리지 않았다고 하지만
지금은 뼈만 남았습니다.
발에 밟히는 참혹한 휴식이거나
멍든 추억이 되는 일만 남았습니다.

## 철로변 비가(悲歌)

시뻘겋게 달아오른 기차 레일의 끝이 보일지도 모른다.

내게서 기운을 빼앗아 간 길들이 널려 있었고 나는 살아 있었다. 늘 분주했지만 혼자였고 혐오스럽게도 어느 날 내가 아버지가 되는 상상을 하기도 했다. 내 여자는 내게 나쁜 놈이라는 말을 던지곤 막차를 타 버렸다. 그녀의 눈에서 흘러내렸던 화산재, 지독하게 뜨거운 반문명의 노래를 잊기로 했다. 여름날의 모든 꿈들 그 지겨운 것들.

남은 건 없다. 8월엔 실패한 몇몇의 친구들과 술을 마셨고 아교질의 비를 맞았고 갈 데까지 간 여자애들과 유리 조각 숨어 있는 해변을 쏘다녔다. 장마통에 얼룩진 체납된 전화요금 고지서—오만 사천칠백 원. 내 그리움의 대가 여름 내내 버리고 버려진 것들의 진경산수화.

나는 또 참회한다. 도적질한 여름에 대해. 내 여자를 끌고 들어갔던 바위투성이 절벽에 대해, 길이라고 우겼던 잡목

숲에 대해, 이 홉들이 두 병에 무릎 꿇고 불러제낀 「옛 시인
의 노래」에 대해 나는 할 말이 없다.

　도화지만 한 창문을 열면 언제나 철로변 가득 피어 있던
볼품없이 노랗기만 하던 꽃이 무참하게도 어느 날 아침 한
꺼번에 잘려 나갔을 때, 나는 어쩌면 저 시뻘겋게 달아오른
기차 레일의 끝이 보일지도 모른다는 생각을 하기 시작했다.
멈칫거리며 멈칫거리며 죽어 갔던 지난여름.

# 칠월

쏟아지는 비를 피해 찾아갔던 짧은 처마 밑에서 아슬아슬하게 등 붙이고 서 있던 여름날 밤을 나는 얼마나 아파했는지

체념처럼 땅바닥에 떨어져 이리저리 낮게만 흘러다니는 빗물을 보며 당신을 생각했는지. 빗물이 파 놓은 깊은 골이 어쩌면 당신이었는지

칠월의 밤은 또 얼마나 많이 흘러가 버렸는지. 땅바닥을 구르던 내 눈물은 지옥 같았던 내 눈물은 왜 아직도 내 곁에 있는지

칠월의 길엔 언제나 내 체념이 있고 이름조차 잃어버린 흑백영화가 있고 빗물에 쓸려 어디론가 가 버린 잊은 그대가 있었다

여름날 나는 늘 천국이 아니고, 칠월의 나는 체념뿐이어

도 좋을 것

　모두 다 절망하듯 쏟아지는 세상의 모든 빗물. 내가 여름
을 얼마나 사랑하는지

## 내 사랑은 언제나 급류처럼 돌아온다고 했다

마음이 놓이지 않는다고 어머니는 보이지도 않은 길 끝에서 울었다. 혼자 먹은 저녁만큼 쓸쓸한 밤 내내 나는 망해가는 늙은 별에서 얼어붙은 구두끈을 묶고 있었다.

부탄가스 하나로 네 시간을 버티어야 해. 되도록 불꽃을 작게 하는 것이 좋아. 어리석게도 빗속을 걸어 들어갔던 밤. 잠결을 걸어와서 가래침을 뱉으면 피가 섞여 나왔다. 어젯밤 통화는 너무 길었고, 안타까운 울음만 기억에 남았고, 나는 또 목숨을 걸고 있었다. 알고 계세요 하나도 남김없이 떠나는 건 얼마나 아름다운지. 저지대의 나무들은 또 얼마나 흔들리는지.

내 사랑은 언제나 급류처럼 돌아온다고 했다.

# 진부령

걸으면 산이고
또다시 산이다
그리고 미칠 것 같은 눈이다
눈발은 지쳐 쓰러진 것들의
체온으로부터 오고
어디에도 없는 눈 덮인 이 길이
잡목 숲에 버리고 온
그대의 마음이란 말인가
주고받았던 힘이란 말인가
뒤돌아보면
채 닦이지도 않은 눈물만 얼어붙어
먼 불빛들 사이
우뚝 서 있어라. 운명처럼
그대를 사랑한다
어디에도 희망은 없으므로

# 나를 가두지 마

세상에 태어나서 처음으로 장미와 안개를 섞은 내 사랑은 바람에 거꾸로 들린 내 사랑은 결국 한 다발의 사라진 시원 (始原) 슬픈 집에서 태어나 슬프게 살았지만 언제나 사랑 앞에 서면 우발적인 숨 쉬는 손목과 미래가 있었는데, 그대는 아는지 자취방에 누워서야 떠오르던 자꾸만 멀어지던 너무나 당연한 사랑의 방법들을

궁지에 몰린 나는 귀향을 떠올렸을까 병약한 코를 가진 나는 잠들지 못했을까 마른장마의 하늘을 말하면서 왜 나는 이별만 알고 광화문 돌계단에 베고니아가 있는 줄은 몰랐을까 순식간에 다가오는 저 위대한 빗줄기는 내 가족사를 잠기게 하고 나를 가두려고 한다

이제 그만 장미와 안개를 섞은 내 사랑은 꿈속에도 없을 것

# 꽃다발

뒤돌아보면 아름답고
너는 광장에 있었다 눈이 부셨다
꺾인 발목으로도 너는 너의 치정을
붙잡지 못하고
초라해질 적마다 나를 흔들고
밤마다 나를 불러 세웠다
아무 일도 없다고 너는 웃고만 있다

빈사(瀕死)의 섬에서
빈사의 너와 만난다

# 내 사랑은


　내가 앉은 2층 창으로 지하철 공사 5-24 공구 건설 현장이 보였고 전화는 오지 않았다. 몰인격한 내가 몰인격한 당신을 기다린다는 것 당신을 테두리 안에 집어넣으려 한다는 것

　창문이 흔들릴 때마다 나는 내 인생에 반기를 들고 있는 것들을 생각했다. 불행의 냄새가 나는 것들 하지만 죽지 않을 정도로만 나를 붙들고 있는 것들 치욕의 내 입맛들

　합성 인간의 그것처럼 내 사랑은 내 입맛은 어젯밤에 죽도록 사랑하고 오늘 아침엔 죽이고 싶도록 미워지는 것 살기 같은 것 팔 하나 다리 하나 없이 지겹도록 솟구치는 것

　불온한 검은 피, 내 사랑은 천국이 아닐 것

4부 ····

# 거미와 나

군용 모포 위를 거미 한 마리가 기어가고 있었다. 수백 가닥의 머리카락이 숨어 있는 내가 벗은 허물과, 묻혀 들어온 세상의 허물이 뒤범벅된 캐시밀론 모포 위를 언뜻 구별이 안 가는 음침한 외피의 거미 하나 바쁘게 기어가고 있었다.

모든 침묵 뒤에 움직이는 정신, 드러나는 온갖 얼굴

찬물에 머리를 감고 싶었다.

# 포구

유리 같은 애들 울고 있는
얼음 창고 뒤편
쏟아지는 얼음 파편이
눈동자처럼 굴러 내려
사방으로 깨져 흩어지고
고기가 반쯤 뜯어먹은 채
일본에서 떠올랐다는 어부는
기름 흘리며 가라앉는
낡은 갑판에
막내딸의 이름을 새겼더란다
어느 골목을 빠져나가도
바다는 있고
또 바다는 없고
까만 개구리 같은 아이들은
부모 잘못 만난 아이들은
그게 다 그놈의 정 때문인지
알지 못한 채

한 발 두 발

자꾸만 바다로 걸어 들어가고

한 많은 청춘들 복수를 꿈꾸는

소금기 밴 발바닥 하나

씻지 못하는 바다

눈을 씻고 찾아도 살찐 사람 없는

심장 뛰는 게 눈에 보이는

그리운 사람 반짝이며 사라지는

파도보다

사람 뼈가 더 많은 바다

# 잠들 수 있음

보름 정도 들어가지 않은 자취방이 멀쩡하다 내 방은 내 골칫거리다. 차라리 좌석버스 72-1번 종점 ××여관이 더 따뜻하고 편안하다. 싫증이 가는 곳, 내가 가는 곳. 팔자소관인지는 모르지만 나는 이제 어디서든 잠들 수 있다. 몇 번의 실험을 거쳐 나는 장소와 분위기를 불문하고 잠들 수 있음을 알아냈다. 얼마나 흐릿하고 싱거운 밤들인가. 물 탄 세상은 더 이상 아름답지 않다. 체르노빌에선 다트판만 한 할미꽃이 피고 있단다. 꿈 같은 세상이다. 엿 같은 꿈. 무슨 잠자리를 가릴 필요가 있겠는가. 놀이 같은 삶에 무슨 옥석이 있겠는가. 잠들 수 있음. 옆으로 삐딱하게 그러나 개발도상국 국기보다 훌륭하게.

# 벽제행

1

올해 드물었던 눈이 내리고 있었다

벽제엔 키 큰 나무들이 살지 않는다
눈발을 날리는 바람이 있을 뿐
몇 번을 지나쳐 가도
눈에 띄지 않는 것이
죽음일지도 모른다
군용 트럭에 실려 온 앳된 초상(肖像)이
살아 있는 것인지도 모른다

서울시립장제장
산들이 보는 앞에서
한없이 작은 눈송이들이
바닥에 떨어져 울고 있었다

2

억울해서 어떡하냐며

서럽게 우는 건 항상 여자들이지만

그것을 보고 입술을 깨무는 건

이곳에선 남자들의 일이다

돌아서서

살아남은 사람들이 눈을 맞는다


울기 위해 살자

살아서 천천히

이 길을 걸어 내려가야 한다


3

꽃들이 얼어붙고 있었다

벽제에서는

사람들이

하늘을 자주 올려다본다

부르지 못한 이름들이
어두운 하늘에 가 박힌다
누가 올라왔던 길을
내려다본다
여기에 몸을 누인 사람들은 많지만
잠든 사람은 아무도 없다


4
벽제에선
아이들도 말을 하지 않는다
문조차 소리 내어 열리지 않는다
침묵해야 한다
살아 있기 때문이다


이곳에서 사는 사람은
하나도 없다
첨탑 위의 새들도

이곳엔 앉지 않는다
너무 오래 말을 참아야 하기 때문이다

세상이 어두워진다
살아남은 사람들은
죽음을 어루만질 수가 없다

5
눈이 그치고
검은 굴뚝이 하늘로 걸어간다
사람들의 어깨에 힘이 없다
살아서 술을 마셔야 하기 때문이다

나는 자꾸 뒤돌아본다
하지만 이곳엔
손댈 것도
가지고 갈 것도 없다

돌려주어야 할 슬픔은 넘치는데
다 버려두고 가야 한다
살아서
느린 걸음으로 가야만 한다

# 편지

미안해, 난 너의 장례식에 가지 않았어 지하철 안에서 가슴이 뜨겁기는 했지만, 우리도 한번 이겨 봐야 되지 않겠냐고 비분하기도 했지만

마감 뉴스가 끝나고 자리에 누워도 대학 본관 앞 흑백사진 속에 너는 아무래도 너무 어려

잘 가. 그대의 손이 얼굴이 가슴이 두 팔과 다리가, 아무것도 끌어안지 않고 아무것도 체념하지 않도록, 인간의 삶과 인간의 죽음을 체념하지 않도록

그대는 그곳에 있어 열아홉 살 그대가, 힘없는 그대가, 힘없는 그대의 우주가 꽃을 피우고. 다시 또 어지러움 속에 사라져 버릴 때까지. 그대가 온전히 흙이 될 때까지 난 또 뜬눈이야.

# 출근

나는 지금 목숨을 건다. 얼굴을 마주한 세상과 여자와 술 값과 연탄가스에. 나의 꿈은 언제나 섬이며, 선착장의 붉은 깃발이며, 운명처럼 사라진 고향이다. 왜 가난은 항상 천재이며, 고독과 번민이 천재여야 하나. 사랑을 일삼기에도 난 시간이 없다. 서커스에서 춤추는 용과 나는 다를 게 없다. 뭐 시인 만세라고 빌어먹을 너희들은 나를 학생이라고 부르고, 허 군이라고 부르고, 가끔은 젊은 시인이라고 부른다. 독일이 폭력에 마약에 시달린다고, 갈 놈은 다 가는데 나는 지금 출근을 한다. 이해하지 못한 채 끌려간다. 언제부터 너희들은 내가 가는 곳마다 버티고 있었나. 왜 나는 목숨을 거나. 도대체 나는 왜 아버지를 닮고 있나. 나는 지금 병원엘 간다. 목숨을 걸었으므로, 바람처럼 가야 하므로, 발자국을 지워야 하므로, 나는 지금 목숨을 건다. 지중해에 태어나지 않았으므로.

# 나무

나무는 모릅니다
저 작은 동산 너머 흐르는 시냇물을
가슴 철렁한 기적만 남기고
지평선 뒤로 사라지는 기차를
힘든 어깨에 장난감 새집을
달아 주는 명분을
나무는 모릅니다

그러나 나무는 알고 있습니다
거꾸로 자라는
제 또다른 정신이 있다는 걸
나무는 알고 있습니다

# 희망

구두를 벗었더니 발가락 하나가
까맣게 죽어 있었습니다
산장의 친구들은 말없이 웃기만 했습니다
어두운 관목 숲을 뒤져
흰 말뚝을 찾아냈지만
화살표도 숫자도
모두 지워져 있었습니다
말뚝을 탓하진 않았습니다
(원래 길은 없었으니까요)
눈을 뜰 수 없는 심한 비바람에
친구들은 들고 있던 배낭을 하나씩
버리기 시작했습니다

물끄러미 발가락을 내려다보았습니다

# 그해 폭설

밤새 눈이 쌓였다
어제처럼 빨리 달릴 수가 없었다

소년은 치렁치렁한
미군 야전 점퍼를 입고 있었다
논둑길을 달려가다 자꾸만 미끄러졌다
죽을 맛이었다

이발사 아저씨 자전거가
우체국 옆을 지나가는 게 보였다
기계충 걸린 머리가 부끄러웠다

점심때 기차역엔 낯선 사람들이 많이
내렸다는데 오늘도 엄마는
오지 않았다 소년은 풀이 죽었다

미군 캠프를 지나 교회당을 지나

소년은 마을을 향해 달려가고 있었다
이발사 아저씨가 온다아……

잠이 들면서도 소년은
기차 생각만 하고 있었다
그해 눈은 철길에도 쌓였다

# 파르티잔


살찐 염소들이 평화롭게 풀을 뜯는 세상에서
적의 없이 흰 이를 드러내며 웃고 있었지만
넌 항상 그렇게 지하실 같은 데 걸려 있어야 했다

폭설 쌓인 바위틈에서 발을 구르다
벌써 흘러가 버린 죽음은 다 어디에 있는가
숨어서 울고 있는가
살아서 쓸쓸했던 너희들의 신념은
얼마나 화려한 도시를 몰려다니고 있는가
바닷가 소나무 숲에 목맨 영혼들아
다 세상으로 나오너라
눈 뜨고 팔 벌리고 세상으로 나오너라
전찻길에서 풀풀 날리던
먼지 같은 사랑마저도 그립다

# 불간섭

단풍을 강요하지 말게나 혹은 별반 다를 것 없는 하늘을 주장하지 말게나. 마른 손가락 허물이 벗겨지는 걸로. 밤공기가 부담스러운 걸로 마음은 또 기다림 뒤의 겨울이나 봄에 있고 은행 썩는 냄새가 싫으면 그뿐 북간도 같은 데나 있을 짧은 가을을 마음속에 밀어 넣지 말게나. 굴다리 포장마차에서 생선 타는 연기가 나면 그뿐 담장 너머 진홍빛 감을 애써 꺾으려고 하지는 말게나. 가을이 가면 그뿐.

# 그날도 아버지는

낮술에 취한 아버지는 밥상을 엎고 병을 깨어 들었다. 더러운 자식들, 우리가 왜 이래야 되냐고. 어머니는 까무러치듯 쓰러졌고 비가 내렸다.

비명과 함께 달려온 옆집 숙부가 아버지를 가로막았다. 형님 왜 이러세요, 나이 생각을 하셔야지요 나이를. 아버지는 4라운드짜리 권투 선수였다. 바닥난 쌀독처럼 주먹을 휘두르던 거리는 이제 아무 데도 없었다.

아버지를 빼다 박았다는 나는 아버지를 부정했을까. 삭발까지 했었다는 어머니의 사랑을, 전찻길 따라 달려가 버린 흑백의 세상을 비웃었을까. 언제나 등 뒤에서 퍼붓는 이 비가 그칠 거라고. 그날도 아버지는 아무도 찌르지 못했다.

실어증에 걸린 마을 사람들이 돌아간 마당엔 고속도로 공사 때 잘려 나가지 않은 대추나무가 한 그루 서 있었다. 당신 분노의 발끝도 모르는 세상 한가운데.

# 청량리 황혼

— CANVAS에 유채


이따금씩 피를 팔러 가기도 했습니다

카스테라 한 봉지씩 사 들고

지하 주차장에 모여 노래를 부를 때면

언제나 제일 먼저 울음을 터뜨리는 건

지하도 입구에서 구두를 닦던

혼혈아 경태 녀석이었습니다

애써 보이려 하지 않아도 우리들의 가난과

짝사랑은 속살을 비집고 나와

찬 바닥에 나뒹굴곤 했습니다

세상이 아름답다고 믿던 열아홉 살이었습니다

누가 그었는지 우리들의 기억 속엔

붉은 줄이 하나둘씩 지나가 있었고

시장 골목에서 소주를 마시며 우리는 어느새

그것들을 용서했습니다

시대극장 앞길

유난히 눈길이 자주 마주치던

조그만 창녀 애를 구해 내는 꿈을 꾸다 잠이 깨던

제기동 자취방

눈이 많았던 겨울이었습니다

나 혼자 용케 고등학교를 졸업하던 날

중국집 구석방에서 녀석들은 나를 끌어안았습니다

희미한 알전구 속에서 흘러내리던 눈물

우리가 미친 듯 소리를 질러 대던

무심한 하늘에선

진눈깨비가 내렸습니다

겁이 많던 경태를

서울 구치소에서 면회하고 돌아오던 날

우리는 문신을 새겼던 가느다란 팔목을 확인하며

버리고 싶어도 땅끝까지 따라오던 날들과

그 거리를 떠났습니다

몇은 지원병이 되어

몇은 직업훈련원으로

태어나면서부터 어깨를 누르고 있던

어디에도 없는 내일로 떠나며

뒤를 돌아보지는 않았지만

왠지 모르게 우리는 텔레비전처럼

행복할 수는 없을 것 같았습니다

# 퀘이사(quasar)의 신탁(信託)

김경주(시인)

## 미래에서 온 소년의 히스테리

창살을 휘젓고 들어온 달빛 속에서 청년은 피리를 불기 시작했습니다. 기억 속으로 들어가는 야간열차와 함께 흔들리는 꿈처럼 뜨겁게. 청년은 달려가고 있었습니다.

—「Midnight Special · 1」

돌아오는 길엔
공중전화에 동전을 넣고
수첩을 뒤적거리다 수화기를 내려놓는

싱거운 취객이 되고 싶다

붐비는 시간을 피해

늦은 지하철역에서

가슴 한쪽을 두드리려고 한다

그대의 전부가 아닌 나를

사는 일에 소홀한 나를

그곳에 남겨 놓으려고 한다

—「저녁, 가슴 한쪽」


　15년 전 즈음, 한 소년이 군입대를 앞둔 날 야산에 올라 멀리 밤하늘을 바라본 적이 있다. 소년은 강한 전파원(電波源)에 대응하는 곳에서 가시광으로는 구별할 수 없는 곳까지 시야를 열어 두고 있었다. 지구의 색채에 떨어지는 별똥별을 보기 위해서였다. 50여 년 만에 찾아오는 혜성이라는 보도 중계로 세상은 오전부터 떠들썩했다. 라디오에선 이 혜성의 축포를 기념하기 위해 온종일 은하계와 관련된 수많은 음악들을 주파수 속에서 귀뚜라미들처럼 반짝거리도록 했다. 소년은 허블의 법칙으로 별똥별이 측량되고 결정되는 거리에 있지 않았다. 천체가 고속으로 멀어지는 듯한 퀘이사(quasar)의 경험을 소년은 해 본 적이 없기 때문이다. 퀘이사는 은하가 방출하는 에너지의 수백 배나 되는 거대한 에너지를 방출한다. 아마도 소년은 "가난했을지도 모른다 집이 없었을지도 모른다"(「손상기는 곱추가 아니다」). 소년에겐 "늙은 기관사 아버지"(「철도원」)도 없었고, "막걸리에 취한 과부 엄마"(「필름」)도 없었다. 하지만 소년의 손엔 뿔피리가 쥐여 있었다. 소년은 잠시 수천 년 동안 자신처럼 병역을 앞두고 머리를 들어 혜성을 바라보았을 수메르인이나 미노아인이나 히타이트인처럼 미소 지었다. 미소는 현실 세계에 아무런 실마리도 주지 않을 때 슬픔이 되기보다는 음악 같은 것이 되어 버린다. 별똥별을 기다리며 소년은 바위에 앉아 마른 풀을 한 줌 뜯어 씹으며 산화(散花)된 별을 데리고 지구로 오는 기관사를 생각했다. 그리고 소년은 잠시 언덕 아래 잠들어 있는 가족의 얼굴을 하나씩 떠올려 보았다. 소년에게 가족이란 "딱딱한 빵을 하나씩 나누어 먹고"(「GOGH」) 정이 든 것이기도 했고, "뭘 그렇게 미워하며 살았는지" "미친 듯 살고 싶은/ 우리가 남아 있"(「그 거리에선 어떤 구두도 발에 맞지 않았다」)는 것이며 새로운 문제에 접할 때마다 대전제로부터 새로 구성되지 않으면 안 되는 제곱근 같은 것이었다. 제곱근을 구하는 방법을 생각해 내듯이, 소년은 가족들의 머리카락 냄새와 둥근 어깨와 얇은 발목들을 떠올려 보곤 했다. 가족이란 무의

식으로 연결된 어떤 축적들이며 가족만이 지구에서 자신의
희한한 이름을 불러 주는 유일한 생명체들이라는 사실이 소
년에겐 어쩐지 눈물 나게 따뜻하면서도, 뜻 모를 겁이 나기도
하는 것이었다. 순식간에 머리 위로 별이 이음매를 지우며 획
을 긋고 지나갔다. 별똥별은 무리수(無理數)처럼 지구로 흩어
졌다. 추상이 맹목이 되어 버리면 안 된다. 그것은 소년의 심
사에 몇 가지 의문을 풀어 주는 듯했다. "지긋지긋한 연민이/
흘러넘쳐/ 자고 나면 축축 늘어"(「비야, 날 살려라」)지는 저 공
전의 대상들을 떠날 생각을 하면 이 별 또한 고체가 아니라
기체라서 다행이라고 믿고 싶었다. 대장장이가 쇠망치로 모
루를 때리듯이 여기저기서 불꽃놀이의 폭죽들과 함성들이
튀어 올랐다. 내일이면 이제 소년은 저 별과 조금 더 동떨어
진 세계로 떨어질 것이다. 소년은 입대 후 우주 초기의 활동
성을 나타내는 이 퀘이사의 에너지에 노출될 준비가 된 것이
다. 한 손엔 총을. 한 손엔 시집을 들고.


## 싱크로니시티, 싱크율(sink rhyme)


병기고(兵器庫)로 발령을 받은 이등병 소년은 하루 종일

어두운 창고 안에서 병기를 닦았다. 병정들이 흙탕물 속에서 뒹굴고 훈련을 하며 악을 쓰는 소리가 들려왔다. 봄꽃처럼 총성이 터진다는 누군가의 시적 발상은 새빨간 거짓말이었다. 소년에겐 매일 아침 병기를 돌볼 걸레와 기름이 지급되었다. 병창에 처음 들어온 날 소년은 "도화지만 한 창문을 열면 언제나 철로변 가득 피어 있던 볼품없이 노랗기만 하던 꽃이 무참하게도 어느 날 아침 한꺼번에 잘려 나갔을 때"(「철로변 비가(悲歌)」)를 떠올렸다. 거대한 의문부호처럼 생긴 병기들의 기동(起動)을 이해해 갈 때마다 소년은 겁이 났다. 인간의 살해를 목적으로 설계된 총신을 닦고, 적을 정확하게 구별하고 적진을 기습하기 위해 박스에 담긴 포탄을 꺼내 닦고 탄창에 기름칠을 하는 일은 소년에게 고통스러운 일이었다. 이 기동을 잘 익히는 것은 기예가 아니다. "빵을 훔치던 계집애를 사랑"(「필름」)하던 시절처럼 실패하는 쪽이 훨씬 세계와 깊이 관계하는 쪽이다. 소년은 외로워져 갔다. 이따금 입대 전 보았던 그 별똥별을 다시 떠올리곤 했다. "그 행성은 물 위에 뜬 접시처럼 어딘가에 있겠지." 이윽고 선임의 군홧발이 옆구리로 다가와 몽유질(夢遊質)을 밟아 버린다. 220구의 M60은 1, 2, 4, 5, 10, 11, 20, 22, 44, 55, 110으로 나누어진다. 그것을 모두 합하면 284구가 된다. 284

구의 CX 최루탄은 1, 2, 4, 71, 142로 나누어지며 모두 더하면 220구가 된다. 따라서 220구의 M60과 284구의 CX 최루탄은 서로 '친한 수(數)'이다. 소년은 낮엔 발밑의 땅에 지뢰뇌관을 심는 기술을 배웠고, 밤엔 철모를 벗어 옆구리에 끼고 머리 위 별들의 결사(結社)를 보며 "야간학교의/ 체육 수업을 훔쳐보"(「공작 도시 — 손상기의 그림에서」)던 시간을 생각하고 "미군 부대 담벼락에 유화를 그"(「필름」)렸던 것을 떠올리고 "살아선 말더듬이였던 죽어선 시인이 되었을 친구"(「방문 앞에 와서 울다」)를 글썽거리곤 했다. 그는 병기들의 수열이나 전쟁 유물의 고유 번호에 멀미가 날 때마다 플라톤의 교의(敎義)인 "관념은 물질적 대상보다 우월한 실재이다."라는 말을 더 신뢰했다. 휴식 시간이면 땅바닥에 총알을 개미들처럼 늘어놓고 "죽음이 뭔지 모르는 아이들만"(「오윤 작(作), 바람 부는 곳」) 따라가라며 자신의 무리수를 무모하게 반복하는 행렬들을 시라고 부르고 싶어졌다. 그리고 조금씩 아껴서 읽는 책을 주머니에서 꺼낸다. 건빵 주머니에 감춘 '희미한 자신의 구체(具體)'를 꺼내는 것이다. 그는 그 시집을 그렇게 이름 불렀다. '희미한 나의 구체' 소년은 처음 시집을 일독한 후 다음 페이지에 철조망 같은 밑줄을 하나 그었다. "세월은 계급이었고, 독약이었고/ 겁에 질린 어머니였다"

(「필름」). 얼마 지나지 않아 사령부에선 소년이 망아(忘我)의 경지에 이르렀다고 했다. 서류가 한 장 우편병에게 날아왔고 소년병은 사람이 살지 않는 무인도로 발령을 받았다.

**매직 미드나이트 에스프레소**

밤을 달리는 모든 건 숙명이다.

죽어 없어지는 게 순간이라는 걸 알았다면 우리는 어린 나이에 터널 속으로 뛰어들지 않았을지도 모른다. 그해 여름 일곱 마리의 수소가 붉은 살덩이가 되어서 돌아왔다. 푸른 문신이 새겨진 부러진 발목 위엔 시곗바늘이 움직이고 있었다. 매를 맞아야 했던 날들과 살을 비비며 울었던 날들과 분노했던 날들이 뒤엉켜 흐르고 있었다. 뼛가루로 먼지로 사라져 버린 밤이었다.

그리고 얼마 후 털어 내듯 몸을 흔들며 오렌지색 물감을 칠한 일요일 밤열차가 지나갔다. 들끓는 세월의 한복판으로.

— 「Midnight Special · 2」

그 섬에선 그 시집을 마음껏 읽을 수 있었다. 그곳에서의 일과는 훈련이 거의 없는 단조로운 과업의 연속이었다. 막사에서 나와 초소에 들어가 교대를 하며 경계 근무를 하는 일이 전부였다. 해안경비대 초병의 임무는 멀리 해안을 관찰하는 일만 하면 되는 것이다. 아침이면 수평선은 밥물처럼 끓었고, 저녁이면 수평선은 찬물처럼 저녁 하늘과 바닷물에 다시 스몄다. 수평선과 지평선을 몇 시간 무심하게 바라봐 주면 교대할 시간이 되었다. 그것도 무료해지면 소년은 아무도 찾아오지 않는 해안의 절벽 초소에서 총과 탄띠를 내려놓고 철모를 엉덩이로 깔고 앉아 수첩에 덤불 같은 글씨들을 흘려 주곤 했다. 소년은 오직 시집을 읽을 수만 있다면 바다든 섬이든 어두운 창고든 어디든 상관없다고 생각했다. 일과를 마치면 소년은 바닷물에 손을 씻고 내무실로 돌아와 제일 먼저 시집을 펼쳤다. 소년은 차가운 돌덩이에 남아 있는 어떤 체액을 채집하듯이 어린 시절 곤충채집을 다녀와 밤새도록 희귀한 나비들을 표본 상자에 밀랍하듯이, 조심스럽게 페이지들을 읽어 내려가곤 했다. 그러곤 속으로 시인의 입술을 상상하며 시인의 눈동자를 궁금해하며 몇 번씩 저자의 사진과 시편들을 번갈아 보며, 시인의 절규에 자신을 투사시키곤 했다. 무엇이 소년을 내면으로 이끌었던 것일까? 합성 인간처럼 그는 시인의 시로 들어가 살림을 차리고 행간 속에 일람표를 만들고 문장마다 조견표를 작성하고 언어의 어떤 암시에 자신의 직인(職印)과 암구호를 남기곤 했다. 그해 여름 모두 휴가를 나가고 혼자서 막사를 지키던 날 소년은 국군 수첩을 한 장 찢어 누군가에게 편지를 쓰고 있었다. 시인의 낱말들을 꼼꼼히 옮겨 적으며 중얼거렸다.

   창문이 흔들릴 때마다 나는 내 인생에 반기를 들고 있는
것들을 생각했다. 불행의 냄새가 나는 것들 하지만 죽지 않을
정도로만 나를 붙들고 있는 것들 치욕의 내 입맛들
                                                          ─「내 사랑은」

"○○씨에게. 이곳에 와서 처음으로 시집을 읽고 시를 알게 되었습니다. 조금씩 시가 다가옵니다. 아직 아무것도 이해할 수 없지만 어쩐지 다 이해할 수 없는 것들이, 다 설명하지 않아도 되는 비밀들이 시 같습니다. 시는 우리들의 언어 안에 항상 감추어져 있는 것 같습니다. 나는 시로 표현되는 세계의 비밀이 좋아집니다. 내게 이 시집은 '사람들이 끊어 놓은 지평선'(「길」)입니다. 시란 '늘 그리워했으므로/ 그리

움이 뭔지'(「그 거리에선 어떤 구두도 발에 맞지 않았다」) 모르는 자들의 습속일 테니까요. 하지만 사람은 아무리 열심히 시집을 읽고 필사를 하고 음률을 낭송한다고 해도 인간의 체액(體液)을 추월할 순 없는 것 같습니다."

　그 시집엔 비애가 가득했다. 그의 시집은 슬픈 은유들로 가득하지만 그의 은유는 사람을 배반하거나 인간에게 심술을 걸기 위한 수사로 머무르지 않는다. 아마도 그의 시집 속에서 이 결들이 드러내고 싶은 것은 인간만이 시를 향해 피를 흘릴 수 있다는 견고한 믿음이 자리하기 때문일 것이다. 인간은 인간을 위해 피를 나누어 주기도 하고, 인간은 인간을 위해 피를 빼앗기도 한다. 하지만 시 역시 인간에게 자신의 피를 나누어 주기도 한다. 소년은 그 시집을 읽으며 새로운 감수성의 피를 수혈 받는 듯한 자신을 발견하곤 했다. 그것은 시인의 표현에 의하면 "세상의 옆구리를 뚫고 일어서고 싶"(「경원선」)은 날들이었다. "이 세계는 피로감에 가득 차 있고 불편하고 어리석은 것이다. 어리숙하고 뻔뻔한 자들에겐 이 세계는 불화의 연속이고 신경질을 피우고 싶은 대상이다. 때문에 그러한 세계일수록 시인의 신경질은 너무나 필요하다." 소년은 부조리한 고백으로 이루어진 그 시집이 인간의 피를 받아 먹고 태어난 시들의 고백이기도 하다는 것을 어렴풋하게나마 느끼곤 했다. 소년은 자신의 비애에 방해받지 않는 시간만이 오직 시가 될 수 있다는 것을 그때 알았을까? C. G. 융은 인간의 의식에서 시간의 전후 관계가 혼돈되는 것에 주목하며 그 비인과율에 용기를 가졌다. 융은 의미가 있는 우연의 일치를 싱크로니시티라고 명명했다. 소년은 그 시집을 펼칠 때마다 시 속의 화자와 긴밀한 우정을 나누곤 했다. 살아서 한번도 맺어 본 적 없는 밀약처럼, "삐뚤어진 세계관을 나누어 가질 그대"(「나는 빛을 피해 걸어간다」)처럼, 어떤 우정의 연대 속에서 소년은 자신이 한없이 왜소한 존재로 전락해 가는 경험이 그토록 달콤할 수 없었다. 가난과 비루함과 절망뿐인 그 시인의 언어들이 몹시 아름다운 이유는 그것이 우리들이 살고 있는 비루한 문명이기 때문이었을 것이다. 시집 속의 시인은 조루증(早漏症)에 시달리는 듯했다. 너무 아름다운 것을 일찍 보아 버렸기 때문이다. 시간과 나이가 함께 동등하게 비례하는 것은 환멸뿐이라는 듯이, 시인은 시집의 구석을 빌려 여기저기서 환멸과 동행을 하고 있다. 그러나 그는 매번 미소 짓고 있었다. 그것은 어떤 상실의 확인이라기보다는 상처로 독립해 가는 경험이었다고, 말하고 싶어지는 한 소년의 얼굴이 자꾸 보였다. 소년은 어느 날 초소에 쭈그려 앉아 시집을 보는 동안 자신의 바로 옆에서 얼마 전 들어온 후임병이 유리병을 깨어 손목을 긋고 있는지도 모른 채 독서에 집중하고 있는 자신을 발견했다. 둘은 같은 공간에서 무슨 열락과 환멸을 동시에 경험했던 것일까? 소년은 그날 밤 누군가의 입속으로 떨어지는 꿈을 꾸었다. 그는 누구였을까?

가족은

모여 앉아 밥을 먹는 것

모여 앉아 싸우는 것

돌아온 탕자에겐

케이크를 준비하고

또 다른 탕자에겐

머플러를 둘러 주는 것

배신의 아들이 배신인 것

그러다 펑펑 우는 것

밉지 않은 것


아이들의 눈곱 낀 눈 속에서

아버지의 인생은

낡은 구두와 맥주 거품

기타를 퉁기는 황혼

—「철도원」

돌려주어야 할 슬픔은 넘치는데

다 버려두고 가야 한다

살아서

느린 걸음으로 가야만 한다

—「벽제행」


## FABER CASTELL 척살·참살·화형


그 시집엔 사고와 필기와 계산보다는 척살, 참살, 화형이 도사린다. 낮술에 취한 아버지가 밥상을 엎고 병을 깨어 들기도 하고, 수도 없이 어머니는 까무러치듯 쓰러지고, 멍든 4라운드 권투 선수들이 즐비하고, 실어증에 걸린 인간들과 피를 파는 소년들, 지원병들, 따귀를 맞는 직업훈련생들, 구치소에서 돌아와 중국집에서 문신을 새기는 청년들, 담벼락에 기대어 우는 사람들이 분노와 연민 속에 뒹굴고 있다. 틈만 나면 자신의 삶에 복수를 가하고 싶은 좌절과 분노의 세계("꿈이 피를 말린다./ 그 꿈이 나한테 이럴 수가."(「목요일」))와

틈만 나면 살고 싶은 자들의 눈물과 눈이 내리면 철길에 앉아 사랑하는 자들에게 연서(戀書)를 쓰고 싶은 자들의 연민("분노할 줄도 사랑할 줄도 모르는/ 아름다움의 근처만을 서성이는/ 정체불명의 적들을 만나러 갑니다"(「K」))이 시집의 리비도를 가득 채우고 있다. 그것이 이 시집이 구축하고 있는 고유한 히스테리(Poetic Hysteria)이다. 크리스티나 폰 브라운은 히스테리란 끊임없이 로고스의 법칙을 부정하고 정신을 육체화 하려는 몸의 언어라고 말한다. 폰 브라운은 히스테리에 관해 이야기한다는 것은 "바보들의 배"(「Das Narrenschiff」 1494년 제바스티안 브란트(Sebastian Brant)가 쓴 풍자시)에 올라타는 것과 같은 비약을 필요로 할지 모르지만, 인류라는 생물의 징후를 해석하는 데 빠져서는 안 되는 중요한 고찰이라고 말한다. 자신의 고통을 해소할 수 있는 자들은 히스테리에 대해 무관심할지 모른다. 히스테리는 사회조직 체계로만 물질화 되는 것은 아니다. 시인은 언어로 대중과 대상의 문제를 해결하는 존재가 아니다. 오히려 시인의 언어는 대상 앞에서 보다 간결해지며 대상의 불완전성을 각인하게 한다. 우리가 사는 이 매혹과 욕망의 대상들은 불안해지면서 더욱 선명해지기 때문이다. 시인의 혼란은 대중들의 외면이나 덜 진화된 사회화에서 비롯된 것이 아니다. 아무도 귀담지 않는 징후 속에서 태어난다. 스스로 만들고 스스로 그 속에서 사라지고자 하는 이야기의 소문처럼.

시인은 외사랑을 하는 자다. 외사랑은 상대에게 자신이 사랑하는지를 모르게 지속해야 하기 때문에 외로운 사랑이다. 자신이 누구에게 사랑받는지를 모르고 살고 있는 것도 외로움이라면, 좋은 시집은 늘 독자를 확인할 수 없는 그 외로움을 감당하고 있다. 자신이 지었지만 그 시집 속에 살 수 없다는 점에서 시인도 늘 외로워야 할지 모르는 것처럼. 어떤 '고백'과의 밀애라는 점에서 모든 시인이 시를 쓰며 외사랑을 포기하지 못하는 것처럼.

문명 속에서 자아는 꼭두각시처럼 자기 법칙성을 만들어 왔다면 시인은 그 평행선을 부정해 왔다. 시인은 자신의 언어를 인공 육체라고 부르는 자들이다. 그의 히스테리는 병리(病理)라기보다는 생리(生理)에 가깝다. 이 시집의 '가장(fake)'이라고 보여지는 부분이나 과잉된 수동성들이 어떤 독특한 시적 재현으로 우리 앞에 나타나는 것은 너무나도 섬세하고 허약한 자아가 세계에 보여 주려는 독특한 현기증의 체감 때문일지도 모른다.

독자들은 이 시집을 통해 현대 시의 현란한 드리블이나 훈련으로 반복된 수사를 찾는 데에는 흥미를 못 느낄지도 모른다. 그러나 시 속의 화자가 늘 서성거리는 세계의 둘레에는 닿을 수 있다. 시집 속의 인물들은 하나같이 팍팍한 삶 앞에서 어리둥절 눈알을 두리번거리고 있다. 시인의 언어가 솔직하게 재기를 포기하는 순간마다 부력을 얻어 나비처럼 떠다니는 것을 목격할 수 있을 것이다. 그가 어디선가 데려온 나비가 금이 간 남의 집 벽에 그려진 낯 뜨거운 사랑 위에 내려앉는 것을. 은유는 대상을 맴돌다가 가만히 돌아오는 비유이다. 그는 눈곱이 잔뜩 낀 채 척살과 참살과 화형이 도사리는 이 도시를 걷는다. "모든 게 잘 보이게/ 다시 없이 선명하게/ 난 오늘 공중전화통을 붙잡고/ 모든 걸 다 고백한다."(「목요일」)는 듯이, 빛을 피해 걸어다닌다. 아시다시피, "그래도 아침이면/ 어느새 능청스러운 햇살이/ 방 한가운데 들어와 있기도 했습니다"(「상계동」).

## Synchrocyclotron Epidemic

소년은 그 시집을 선임병에게 빼앗겨 불쏘시개로 쓰일 뻔

한 것을 구한 적이 있다. 소년은 그 시집을 부대 내무반 불온도서의 검열에 걸려 압수당한 적도 있다. 소년은 태어나서 처음으로 한반도의 시스템 앞에서 항명(抗命)을 했다. 그리고 몇 주 후 다시 그 시집은 관물함으로 돌아왔다. 그리고 이후 몇 번인가 고약한 그리움과 외로움이 밀려왔다. 소년은 몇 차례 어부들의 쪽배를 얻어 타고 바다를 건너 그곳을 벗어나려고 시도하기도 했고, 철조망을 끊고 눈을 감은 채 맨발로 달리다가 다시 붙잡혀 온 적도 있다. 소년은 시를 써 본적이 한번도 없었지만 부대에선 시 공부를 하는 반편이 같은 녀석이 하나 굴러 들어왔다는 소문이 돌기 시작했다. 그리고 그는 결국 전역을 했다. 지금 그 시집은 소년의 책상 한켠에 놓여 있다. 이사 때마다 그 시집의 안부와 근황을 직접 챙긴다. 누런 땟자국이 묻은 편지들을 평생 돌봐야 하듯이. 소년에겐 코피도 묻어 있는 시집이 한 권밖에 없다. 소년에겐 누런 클로버 잎들이 페이지의 갈피 안에서 부스러기가 되어가는 시집이 한 권밖에 없다. 그래, "돌림병"(「그날」)을 앓았다고 해 두자. 그 돌림병에 대해 이제라도 고백을 할 수 있어 다행이다. 아시다시피, 그 시집은 허연의 『불온한 검은 피』다.


우뚝 서 있어라. 운명처럼

그대를 사랑한다

어디에도 희망은 없으므로

　　　　　　　　　　　　　—「진부령」

허연  1991년 《현대시세계》 신인상으로 등단했다. 시집 『나쁜 소년이 서
있다』, 『내가 원하는 천사』, 『오십 미터』, 산문집 『그 남자의 비블리
오필리』, 『고전 탐닉』이 있다. 시작작품상, 현대문학상을 수상했다.

불온한 검은 피

1판 1쇄 펴냄·2014년 4월 28일
1판 16쇄 펴냄·2021년 10월 6일

지은이·허연
발행인·박근섭, 박상준
펴낸곳·㈜민음사

출판 등록 1966. 5. 19. 제16-490호
서울시 강남구 도산대로1길 62(신사동) 강남출판문화센터 5층 (우편번호 06027)
대표전화 02-515-2000 / 팩시밀리 02-515-2007
www.minumsa.com

ⓒ 허연, 2014. Printed in Seoul, Korea
ISBN 978-89-374-8910-5 (03810)